Der strebsame
STEINBOCK

Georg Haddenbach

FALKEN

Inhalt

Standfestigkeit durch den Planeten Saturn 8

Die Milch der Amaltheia 13

Steinböcke sind nie knapp bei Kasse 18

Sie kokettiert mit vielen Schwächen 21

Liebe auf den zweiten Blick 22

Wie man ihr näherkommt 23

Beim richtigen Mann schmilzt sie dahin 26

Sicherheit auch in der Liebe 28

Der Stier als idealer Partner 29

Der Steinbock-Mann: Die Liebe kommt oft zu kurz 36

Partnerwahl am Arbeitsplatz 39

Seine sexuellen Vorlieben 41

Er will auch mal allein sein 44

Wer zu ihm paßt 49

Mit Bedacht Karriere machen 55

Die Finanzen müssen stimmen 60

Sorgen um die Gesundheit 61

Glücksbringer des Steinbocks 63

Die empfindliche Mimose 66

Geduldig wie ein Kamel 69

Das Steinbock-Kind: Ordnung ist das halbe Leben 71

Der etwas andere Steinbock 74

Ausgerechnet: der Aszendent 80

Standfestigkeit durch den Planeten Saturn

Das zehnte Zeichen des Tierkreises entspricht dem ersten Wintermonat. Graue Wolken ziehen übers Land, das oft wie mit einem Leichentuch von Schnee bedeckt ist. Trotz dieser tristen Stimmung keimt Hoffnung auf. Wenn die Sonne von der Wintersonnenwende am 22. Dezember bis zum 20. Januar das Steinbock-Zeichen durchläuft, steigt sie von Tag zu Tag höher und gewinnt an Kraft. Die Tage werden wieder länger, und unter Schnee und Eis beginnt das Wachstum. Die Menschen, die in diesem Tierkreiszeichen geboren wurden, spiegeln in ihrem Charakter die Zähigkeit wider, mit der die Pflanzen gegen alle Widrigkeiten nach oben streben.

Der Tierkreis ist die Bahn, auf der Sonne, Mond, die Planeten und alle anderen Himmelskörper scheinbar am Himmel dahinziehen – vom Auge eines Betrachters auf der Erde aus gesehen. Wir wissen natürlich, daß zum Beispiel die Sonne einmal jährlich von der Erde umrundet wird und daß sich diese einmal täglich um ihre eigene Achse dreht. Dieses Wissen ist aber nicht deckungsgleich mit dem, was der Beobachter des Sternenhimmels von seinem Standpunkt auf der Erde aus wahrnimmt.

Sonne, Mond und die Planeten, die scheinbar von Osten nach Westen wandern, formen, astrologisch gedeutet, neben dem Tierkreiszeichen und dem ihm durch die Minute der Geburt zugeordneten Aszendenten den Charakter eines Menschen und beeinflussen mehr oder weniger stark sein ganzes Leben.

Die scheinbare Bahn, die die Sonne im Laufe eines Jahres von Osten nach Westen am Himmel beschreibt, ist der größte Kreis am Himmelsgewölbe. Jeder Kreis hat 360 Grad, so auch dieser, den wir Ekliptik nennen und der seit Jahrtausenden in zwölf etwa gleich große

Der düstere, von Ringen umgebene Saturn ist ein strenger Herrscher über die Steinbock-Geborenen.

Abschnitte von zirka 30 Grad aufgeteilt wird – in die zwölf Tierkreiszeichen. Der zehnte dieser Abschnitte beginnt mit dem Steinbock-Zeichen. Das südlich vom Himmelsäquator gelegene Tierkreissternbild ist in den nördlichen Breiten abends im Spätsommer und im Herbst sichtbar.

Astrologisch gesehen hat im Steinbock der Planet Saturn sein Haus; Mars ist dort erhöht, wirkt also besonders stark. Darüber hinaus sind dem Steinbock-Zeichen Jupiter und Sonne, die in der Astrologie ebenfalls als Planet gilt, zugeordnet.

Saturn ist nach Jupiter der zweitgrößte Planet unseres Sonnensystems. Er umkreist die Sonne einmal in 29,5 Jahren. Astrologisch steht er für »das große Unglück«, das Trennungen und Hemmungen ebenso umschreibt wie Verzögerungen und Verluste. Neben Einsamkeit, Alter und Kälte verkörpert er aber auch Ausdauer, Gründlichkeit und Beharrlichkeit.

Saturns Patenkind, der Steinbock-Mensch, profitiert von seinen guten Aspekten. Von den schlechten vorgewarnt, handelt er stets mit größter Vorsicht, aber mit einer Ausdauer, die einen Erfolg nahezu sicher macht. Selbstbeherrschung ist hier oberstes Gebot. Saturn-Schützlinge arbeiten sehr viel; sie kommen zwar nur langsam, aber doch stetig voran.

Der astrologische Beherrscher der Steinbock-Menschen verleiht diesen die Gabe, selbst schwerste Widerstände zu überwinden und mit Vorsicht und Bedächtigkeit das Leben zu meistern. Ihre Zurückhaltung und die Konzentration auf das Materielle lassen die vom Saturn bestrahlten Menschen oft als gefühlskalte Streber erscheinen. Erst in festen Beziehungen vermögen sie sich zu öffnen. Der Einfluß des Saturns bewirkt außerdem Sparsamkeit, die bei manchen Steinbock-Menschen leider in Geiz ausarten kann.

Der Lebensweg eines Steinbock-Menschen ist meist hart und beschwerlich, denn überall türmen sich Hindernisse auf.

Der rote Planet Mars, der im Steinbock-Zeichen besonders wirksam ist, stärkt das Rückgrat des in zwischenmenschlichen Beziehungen etwas labilen Steinbock-Typs. Mars verkörpert Tatkraft und Entschlossenheit, was dazu führt, selbst schwierigste Ziele zu verfolgen. Steinbock-Menschen, die auf materielle Sicherheit bedacht sind, versuchen mit Elan, Zähigkeit und Ausdauer, Erfolg zu haben. Oft ist ihnen dabei jedes Mittel recht – ein Verhalten, das ihnen nur wenig Freunde schafft. Bei negativen Planetenkonstellationen kann es bei manchen Steinbock-Menschen, den ganz andersartigen saturnischen Einflüssen zum Trotz, zu unüberlegtem Handeln kommen, das meistens aus einer Überschätzung der eigenen Fähigkeiten resultiert.

Jupiter richtet den Steinbock geradlinig auf die angestrebten Ziele aus, die selbst dann erreicht werden, wenn der Weg mühevoll war und der Erfolg nicht den Erwartungen entspricht. Unter dem Einfluß dieses Planeten entwickelt der Steinbock-Mensch Verantwortungsbewußtsein und Urteilsvermögen. Leider ist er jedoch oft auch mißtrauisch gegen jedermann.

Die Sonne, die astrologisch zu den Planeten gerechnet wird, sorgt für einen ständigen Aufwärtstrend im Steinbock. Sie macht aus diesem Sterntyp einen unermüdlichen Arbeiter, dem kein Weg zu weit ist, um sein gestecktes Ziel zu erreichen. Die Sonne, das Symbol der Lebenskraft, ist in mancherlei Hinsicht eine Gegenspielerin des Planeten Saturn, dessen Einflüsse sich bei günstigen Planetenstellungen innerhalb eines Horoskops oft ins Gegenteil kehren.

Steinbock-Menschen sind einsame Wanderer zwischen zwei Welten; sie streben aus der Dunkelheit ans Licht. Sie lassen sich ferner von den Realitäten des Lebens in die Pflicht nehmen und versuchen, durch Beharrlichkeit und Fleiß die Konkurrenz zu überflügeln. Ihren Zeitgenossen erscheinen sie oft ehrgeizig und kalt, was sie aber im Grunde ihres Herzens nicht sind. Wenn sie sich einmal ein sicheres Fundament für ihr Leben geschaffen haben, kümmern sie sich aus eigenem Antrieb um ihre weniger erfolgreichen Mitmenschen.

Wer diese so geradlinigen Menschen genauer kennenlernen will, sollte dieses Buch lesen, das zugleich alle unter dem Zeichen des Steinbocks Geborenen zur Selbsterkenntnis anregen möchte. Die Bilder, die den Texten beigestellt sind, illustrieren die verschiedenen Aspekte der Steinbock-Persönlichkeit. Viele Blumen, Nutz- und Heilpflanzen sowie zahlreiche Tiere und edle Steine, die Glück bringen sollen, werden seit jeher dem Steinbock-Zeichen zugeordnet.

Die Milch der Amaltheia

Auf bei Ausgrabungen gefundenen Grenzsteinen kann man noch heute Darstellungen von babylonischen Sternbildern bewundern, die freilich nicht immer den aus dem Mittelalter bekannten gleichen. So stellten zum Beispiel die Babylonier das zehnte Zeichen im Tierkreis nicht als Steinbock, sondern als Mischwesen aus Ziege und Fisch dar.

Dieses Lebewesen – halb Fisch, halb Fleisch – tummelte sich, wie sternenkundige Chaldäer behaupteten, in den Gewässern rund um Kleinasien. Das schon zu Zeiten der Babylonier ausgestorbene, seltsame Tier – mit dem Oberkörper eines Ziegenbocks und dem Leib eines Fisches – soll zur Erinnerung an seine Existenz als Sternbild an den Himmel versetzt worden sein.

Die griechische Mythologie dagegen erzählt eine andere Geschichte über die Entstehung des zehnten Zeichens, bei der Zeus eine Hauptrolle spielte. Uranos, Herr der antiken Welt, personifizierter Himmel und mit Gaia, der Erde, vermählt, stieß deren Kinder gleich nach der Geburt in die Tiefe der Erde zurück. Um seiner Mutter einen Gefallen zu tun, überraschte Kronos seinen Vater Uranos im Schlaf und entmannte ihn. Nun bestieg Kronos selbst den olympischen Thron und nahm seine Schwester Rhea zur Frau. Uranos aber prophezeite ihm, auch er werde von einem seiner Söhne entmachtet.

Aus Angst vor dieser Weissagung verschlang Kronos alle Kinder, die ihm seine Schwester und Ehefrau Rhea gebar. Über diese Grausamkeit erzürnt, ersann Rhea eine List, um ihren jüngsten Sohn Zeus zu retten. Sie brachte ihn in einer Höhle auf Kreta zur Welt und gab Kronos einen in Windeln gewickelten Stein, den dieser im Glauben, es sei sein Sohn, verschlang.

In einer abgelegenen Höhle am Fuße des Ida-Gebirges wuchs Zeus auf, von Nymphen erzogen und von der Ziege Amaltheia genährt. Als Zeus erwachsen war, wurde er unerkannt Mundschenk bei seinem Vater Kronos. Er gab ihm eine Art Brechmittel, worauf er den Stein und alle seine Kinder erbrach. Diese machten Zeus zum Dank zu ihrem Anführer. Später setzte der Herr im Olymp die Ziege Amaltheia, die ihn genährt hatte, als Sternbild des Steinbocks an den Himmel. Das zehnte astrologische Zeichen zählt seit Urzeiten zu den weiblichen.

Nach einer anderen Legende geht das Sternbild jedoch auf den bocksgestaltigen Pan zurück, den Gott der Hirten und Weiden. Pan, ein Milchbruder des Zeus, gilt als Erfinder der bei den alten Griechen sehr beliebten Syrinx (der Panflöte) und als Urheber plötzlicher und unerklärlicher »panischer« Schrecken.

Pan leistete Zeus gute Dienste beim Sieg über die Titanen, wobei er sich einmal in einen Steinbock verwandelt haben soll, um einen der riesenhaften Gegner, die das Göttergeschlecht ausrotten wollten, über seine wahre Absicht zu täuschen.

Daraufhin setzte Zeus dem Pan, der als ausgesprochen lüstern galt, mit dem Sternbild des Steinbocks ein Denkmal an den Nachthimmel. Aber es ist kaum zu glauben, daß er sich mit dieser Ehrung im Rat der Götter durchsetzte, da diese den Hirtengott wegen seiner kleinen, häßlichen, bocksbeinigen Gestalt auslachten.

Laut griechischer Mythologie hat Zeus den bocksfüßigen Pan als Sternbild Steinbock am Himmel verewigt.

Ob himmlische Ziege oder göttlicher Steinbock – Charakterzüge von beiden Vorbildern prägen den Menschen des Steinbock-Zeichens. Die Kletterkünste des Steinbocks zum Beispiel versinnbildlichen das ständige Streben nach oben. Wie ihr Wappentier taktieren sie vorsichtig, achten auf Geröll und Klippen und gehen bedächtig Umwege, um Gefahren auszuweichen. Sie haben das kritische Auge der mütterlichen Ziege, deren Sprache nur von uns Menschen als Meckerei verstanden wird.

Steinbock-Menschen arbeiten hart. Sie scheuen nicht vor Entbehrungen und großen Kraftanstrengungen zurück, um ihre Ziele zu erreichen. Mag sich auch ein schluchtenreicher Weg vor ihnen auftun – sie werden ihn gehen! Am Ende werden sie von hohen Felsen stolz herabblicken, die sie aus eigener Kraft erklommen haben.

Ein Steinbock-Mensch hat's immer etwas schwerer als die anderen Typen aus dem Tierkreis, weil er nicht ruhen und nicht rasten will, bis er sein weitgestecktes Ziel endlich erreicht hat: materielle Sicherheit. Diese spiegelt sich in einem Bankkonto, vor allem aber auch in Immobilien und anderen festen Werten wider.

Auf dem Weg nach oben blickt er stur geradeaus und übersieht manche Freude am Rande. Da er sich für sein Privatleben wenig Zeit nimmt, wirkt er auf seine Mitmenschen gelegentlich hart und herzlos – trotz seines doch sehr charmanten Wesens.

Die ewige Plackerei schwächt mit der Zeit zudem seine Widerstandskraft: Das Knochensystem ist gefährdet, und der Steinbock-Mensch ist anfällig für Erkältungen und rheumatische Beschwerden. Wer wie die Steinbock-Menschen vom düsteren Saturn beeinflußt wird, hat viel zu leiden. Ihr Planetenherrscher hetzt sie immer wie-

Der Alpensteinbock ist das Wappentier der Steinbock-Geborenen. Viele der Eigenschaften, die diese Ziegenart zum Überleben in einer unwirtlichen Umgebung braucht, finden sich auch bei Steinbock-Menschen. Sie sind zäh und genügsam und überwinden alle Hindernisse.

der durch neue Prüfungen und sorgt dafür, daß in dem weiblichen, negativen und kardinalen (das heißt intensiven) Zeichen alles im Leben schwärzer gesehen wird, als es in Wirklichkeit ist.

Maronenbraun und Schwarz sind die Farben dieses Erdzeichens. Düster wie diese Farbtöne erscheint vielen Steinbock-Geborenen die Zukunft, obwohl sie, wie kaum ein anderes Sternzeichen, von dem Willen durchdrungen sind, ihr Schicksal und damit auch Zukünftiges zu meistern.

Steinböcke sind nie knapp bei Kasse

In allem, was er denkt und tut, strebt der Steinbock-Mensch nach finanzieller Unabhängigkeit. Beizeiten schon spart er, um gegen Notlagen abgesichert zu sein. Ein gut gefülltes Bankkonto ist für ihn selbstverständlich; Geldmangel würde ihn seelisch belasten.

Der Mensch aus dem von Saturn beherrschten Zeichen ist sicherlich nicht der schnellste Arbeiter, und seine übersteigerte Ordnungsliebe legt mancher Mitmensch als Pedanterie aus. Aber am Ende siegt doch stets seine Gründlichkeit über allzu rasches und deshalb oft lasches Handeln der anderen.

Vom Temperament her eher phlegmatisch, haben Steinbock-Menschen großen Sachverstand und viel Realitätssinn, was sie zu respektierten Ratgebern macht. Sie sind sehr bedächtig und gewissenhaft, so daß es ihnen manchmal schwerfällt, sich rasch auf ungewohnte Situationen einzustellen. Sie können dann in Streß geraten, an dem sie möglicherweise seelisch zerbrechen.

Steinbock-Menschen sind im allgemeinen eher verschlossen, da sie sich nur auf ihre eigenen Kräfte verlassen. Kein anderer im Tierkreis ist so von dem Willen durchdrungen, vorwärtszukommen, wie der Steinbock. Aber das verlangt ihm gewaltige Kraftanstrengungen und mancherlei Entbehrungen ab. Da er jedoch immer sachlich und

nüchtern zu Werke geht, kann er Rückschläge leichter überwinden. Wo immer er zum Handeln gezwungen ist, macht er es sich schwer. Er hat zu viele Bedenken, um zu schnellen Entschlüssen zu gelangen. Trotzdem wird ihm niemand seinen gesellschaftlichen Aufstieg verwehren können, weil er sich nach vielerlei Mühen und Plagen mit seiner Beharrlichkeit durchsetzen wird.

Die genügsamen Schildkröten symbolisieren Steinbock-Eigenarten. Unter harter Schale ist ein weicher Kern verborgen.

Sie kokettiert mit vielen Schwächen

Im Vergleich zu den Augen eines Steinbocks wirken die eines Rehes tolldreist, und eine Siamkatze ist borstig, verglichen mit diesem anschmiegsamen, weiblichen Geschöpf, das im Steinbock-Zeichen geboren wurde. Diese Frau wirkt so verletzlich wie Schmetterlingsflügel und so rührend hilflos wie ein Rotkehlchen im Hühnerhof. Gern läßt sich die scheinbar Verschüchterte von ihrem Liebsten tröstend in die Arme nehmen. Aber der Schein trügt: Wenn die Steinbock-Frau etwas erreichen will, verfolgt sie hartnäckig ihre Absicht, auch wenn sie ihren harten Kern in einer weichen Schale verbirgt. Sie gehört zu den beharrlichen, aber oft auch zu den berechnenden Typen, die ihr Ziel ständig im Auge behalten, selbst wenn sie es nur auf dem Umweg erlangen können.

Um etwas zu erreichen, ist dieser Frau fast jedes Mittel recht. Das mag man als gefühlskalte Schauspielerei empfinden, in Wahrheit aber ist es nur Teil des ausgeprägten Selbstbehauptungswillens eines Menschen, der alle Möglichkeiten ausnutzt, um ein lockendes Ziel zu erreichen. Das kann ein Mann sein, genausogut aber eine berufliche Position, die der Steinbock-Frau ermöglicht, aus eigenen Mitteln ihren Lebensunterhalt zu bestreiten.

Männliche Unterstützung im Lebenskampf hat sie nicht nötig. Sie ist sehr selbstbewußt und sicherlich emanzipierter als mancher annimmt, dem sie das nette, kleine Mädchen vorspielt, das für verliebte Schwärmereien gern zu haben ist. Sie hat ein Rückgrat aus Stahl und meistens Nerven aus demselben Material. Doch hinter ihrem selbstbewußten Wesen verbergen sich oft Hemmungen, die diese Frau jedoch nie offenbaren wird. Denn sie verläßt sich nur auf sich selbst und gewinnt nur sehr schwer Vertrauen zu ihren Mitmenschen.

Steinbock-Frauen sind nicht immer einfach zu erobern, aber gerade diese Herausforderung reizt die Männer.

Liebe auf den zweiten Blick

Jede Steinbock-Frau, die etwas auf sich hält, verliebt sich erst auf den zweiten Blick. Sie wird zwar vielleicht schon nach dem ersten Treffen nachts von ihm träumen, doch sie wird ihn bei der zweiten Begegnung erst einmal genau prüfen, bevor sie ihn näher kennenler-

Wer die Steinbock-Frau mit einem Eisberg vergleicht, kennt sie nicht.

nen will. In ersten zärtlichen Unterhaltungen beweist sie bereits ihr diplomatisches Geschick.

Es wäre ihr am liebsten, er würde ihr gleich einen Lebenslauf einreichen, aus dem alles hervorgeht: sein Beruf, sein Einkommen, mögliche Titel, seine soziale Stellung und seine Zukunftsaussichten. Diese Dinge sind einer Steinbock-Frau wichtig, auch wenn sie noch so verliebt wäre. Sie erstrebt nun mal Sicherheit im Leben.

All das mag das Bild vom Eisberg, das manche Astrologen von ihr zeichnen, bestätigen. Wer aber eine Steinbock-Frau näher kennengelernt hat, wird feststellen, daß dieser Vergleich nicht zutrifft. Ihr Lebenspartner wird von Herzenswärme und von einer Bereitschaft zur Anpassung sprechen. Sie kann ihr eigenes Ich für den Mann, den sie liebt, zeitweise verleugnen. Und doch wird er ihre Selbständigkeit im Handeln und Denken auf Dauer nicht schmälern können.

Sie ist eine treue Frau, die in der Liebe alles geben wird, die aber neben dem Mann ihres Herzens noch ein anderes »Verhältnis« hat, dem sie treu bleibt, nämlich ihren Beruf. Gerade Steinbock-Frauen sind bekannt dafür, daß sie sich nur ungern auf die Führung des Haushalts beschränken lassen, auch wenn ihnen dann das eine oder andere über den Kopf wächst. Aus der Doppel- oder Dreifachbelastung mit Beruf, Familie und Kindern, die eine Steinbock-Frau auf sich nimmt, resultiert auch ihre große Empfindlichkeit. Oft schützt sie sich mit einem unsichtbaren Panzer, der die Umwelt auf Distanz und alles Unangenehme fernhalten soll. Dann wird sie kalt und unnahbar und von ihren Pflichten vollkommen beansprucht sein.

Wie man ihr näherkommt

Steinbock-Frauen knüpfen gern Beziehungen zum anderen Geschlecht, wenn sie noch nicht gebunden sind oder die bisherige Beziehung auseinandergeht. Ihre Kontaktfreudigkeit ist aber begrenzt.

23

Man muß ihnen schon ein ganzes Stück entgegenkommen, um sie aus der Reserve zu locken. Eine übereilte Liebeserklärung aber könnte sie verschrecken. Vertrauen Sie ihr lieber ein Geheimnis an; sie schwärmt für romantische Liebesgeschichten, die sie ihren Freundinnen unter dem Siegel absoluter Verschwiegenheit anvertrauen kann.

Oft findet sie an der Arbeitsstelle den Mann fürs Leben. Manchmal ist es der Chef persönlich oder zumindest einer, der im Betrieb etwas zu sagen hat. Ein bißchen Reputation sollte eben sein! Man kommt ins Gespräch, hat gleiche Interessen und trifft sich nach Dienstschluß in einem gemütlichen Restaurant. So fängt's vielleicht an ...

Die Steinbock-Frau wirkt auf einen Mann ihrer Wahl oftmals wie

Auf Männer wirken Steinbock-Frauen oft wie zarte Lämmchen, die aber unter ihrem Fell viel weibliche Raffinesse verbergen.

ein zartes Lämmchen. Unter dessen Fell verbirgt sich allerdings sehr viel weibliche Raffinesse. Sie bevorzugt eine stilvolle Unterhaltung, die mit einer Prise Humor gewürzt ist. Sie lacht gern und weiß überdies, daß ein strahlendes Lächeln jede Frau verschönt.

Was muß nun der Mann tun, um sie für sich einzunehmen? Er sollte zunächst einmal gut zuhören können und die Zwischentöne heraushören. Sie wird von ihren Kollegen erzählen, von ihrer Familie und von gemeinsamen Bekannten. Dabei sollte ihr verliebter Freund übersehen, daß sich dies gelegentlich nach übelstem Klatsch anhört. In ihren Augen ist es das nicht! Sie möchte ihrem Gesprächspartner damit nur beweisen, daß sie die Dinge klar und realistisch sieht und die Verhältnisse gut beurteilen kann. Sie wird in jedem Gespräch irgendetwas Persönliches einstreuen.

Hier hake man ein, streife wie unbeabsichtigt ihre Hand und erzähle von sich selbst. Komplimente über ihr gutes Aussehen mag sie sehr, und sie weiß auch zu erkennen, ob es aufrichtig gemeint oder nur so dahergesagt war.

Ist man sich so nähergekommen, kann man mit der Steinbock-Freundin recht tiefsinnige Gespräche über Gott und die Welt führen. Sie kann sehr wohl zuhören und ist gescheit genug, sich bei Themen, von denen sie nur wenig versteht, zurückzuhalten. Über solche Gespräche kann man sich bestens aneinander gewöhnen, aber auch dann ist sie längst noch nicht zu erobern. Überhaupt bleibt offen, wer hier wen erobert ...

Nur vor einem sollte sich hüten, wer einer Steinbock-Frau näherkommen möchte: Sie mag keine Angeber! Der Mann mag so wohlhabend sein, wie er will – wenn er damit prahlt, hat er sich die Freundschaft dieser Frau verscherzt.

Wer die Steinbock-Frau akzeptiert, wie sie ist, wer über ihre kleinen Fehler hinwegsieht und die eigenen Schattenseiten nicht schönt, dem kann sie zu einer verläßlichen Partnerin werden, die in einer vertrauensvollen Beziehung auch ihre tiefen Gefühle zeigt.

Beim richtigen Mann schmilzt sie dahin

Nach außen hin spielt die Steinbock-Frau oft die Kühle, die ihre Gefühle beherrscht. Wenn sie sich aber einmal entschlossen hat, mit dem Mann ihrer Wahl ein Verhältnis anzufangen, gibt sie ihre Zurückhaltung auf und läßt ihren Gefühlen und Bedürfnissen freien

Wenn die Steinbock-Frau liebt, ist ihr kühles Wesen Schnee von gestern.

Lauf. Der betreffende Partner muß aber zuvor die Prüfungen der Steinbock-Frau bestanden haben.

Die sonst so nüchtern denkende Frau braucht nach einem harten Arbeitstag viel Zärtlichkeit. Oft fällt es ihr allerdings schwer, die Probleme zu vergessen, die sie im Alltag beschäftigen. Dann hilft es, wenn sie sich Zeit nimmt, um sich in Ruhe für die traute Stunde zu zweit schön zu machen.

Ein langes Vorspiel braucht sie meist nicht. Ein kleiner Drink und gedämpftes Kerzenlicht genügen ihr, um sich einzustimmen und den Sinn fürs Reale ins Romantische abdriften zu lassen. Mehr braucht sie nicht, um anschließend zu beweisen, wie leidenschaftlich sie beim Sex sein kann.

Bei partnerschaftlichen Lustspielen übernimmt sie – wie auch beim Tanzen – gern die Führung. Selbst wenn sie noch unerfahren ist, findet sie sich schnell zurecht in dem, was ihr und ihm am besten gefällt. Da sollte er gar nicht versuchen, den Lehrmeister zu spielen. Sie ist begierig zu lernen und erfindet bald eigene Variationen, um die Lust am frivolen Spiel zu erhöhen.

Wenn man ihr die Führung überläßt und ihre Leidenschaft mit zarten Streicheleinheiten immer weiter steigert, erreicht jede Steinbock-Frau am Ende ihren Höhepunkt. Aber es bedarf schon eines Partners, der mit Ausdauer und Geduld bei der Sache ist. Wer zu schnell aufgibt, erregt auf Dauer ihr Mißfallen.

Wer ihre erogenen Zonen kennt, kann die Steinbock-Frau besonders leicht entflammen. Ihre Kehrseite ist genauso erregbar wie die Vorderseite. Zartes Streicheln den Rücken hinunter stimuliert sie ebenso wie sanftes Berühren der Brüste oder der Schenkel bis hinunter zu den Kniekehlen.

Da ist nichts mehr von der Kälte oder Zurückhaltung zu spüren, da ist nur noch das Ziel, die Lust zu befriedigen. Da mag man sich an ihre Lustschreie gewöhnen und auch an die kleinen »Tätlichkeiten«, die sich beim Mann hinterher in Kratzspuren manifestieren können.

Sicherheit auch in der Liebe

Auch in der Partnerschaft ist die Steinbock-Frau vor allem auf Sicherheit und Stabilität bedacht. Flüchtige, unverbindliche Verhältnisse widerstreben ihr.

Auf Dauer wird sie solch einen lockeren Lebenswandel nicht führen wollen. Sie wird zwar mit dem Mann, an dem sie Interesse hat, eine Zeitlang zusammenleben, aber ganz das Richtige ist für sie eine sol-

Wer eine Steinbock-Dame gewinnen will, sollte sich mit ihr in die Einsamkeit zurückziehen, denn Zeugen ihrer Schwäche mag sie nicht.

che Beziehung ohne Trauschein nicht. Sie ist für klare und abgesicherte Verhältnisse. Wer nicht bereit ist, sich auf eine Ehe einzulassen, wird bald zu spüren bekommen, was die Steinbock-Frau von ihm hält: Sie wird ihm mit Enthaltsamkeit die kalte Schulter zeigen oder sich einen anderen Partner suchen. Letzter Ausweg für eine enttäuschte Steinbock-Frau ist das Single-Dasein.

Hat die Steinbock-Frau einen Partner für die Ehe gefunden, wird sie verantwortungsbewußt und treu zu ihrem Jawort stehen. Ihr Mann sollte allerdings ihre Selbständigkeit respektieren. Er muß mit ihrer Eifersucht rechnen, denn die Steinbock-Frau ist in der Liebe recht besitzergreifend. Wenn er seine Partnerin betrügt, wird sie ihm das kaum verzeihen, sondern in ihrer Enttäuschung auf einer Trennung bestehen. Dann wird sie keine Nachsicht kennen und rücksichtslos fordern, was ihr laut Gesetz und Scheidungsurteil zusteht.

Das Zusammenleben mit dieser vom düsteren Saturn beherrschten Frau ist nicht einfach. Immer wieder lädt sie sich Pflichten auf, von denen sie irgendwann überfordert ist. Dann hat sie kaum Zeit für ihren Partner und behält ihre Gefühle für sich. Sie braucht einen verständnisvollen Mann, der über die Untiefen ihrer Nachtseele hinwegsieht und viel Geduld aufbringt.

Sie wird es ihm danken und in einer vertrauensvollen Beziehung ihre Zurückhaltung aufgeben, auch wenn es ihr eigentlich nicht liegt, über ihre Gefühle oder über Probleme zu sprechen. Wenn sie sich geborgen fühlt, zeigt sie ihr fürsorgliches und mitfühlendes Herz, das sie so oft vor der Umwelt versteckt.

Der Stier als idealer Partner

Auch wenn eine Steinbock-Frau sich erst auf den zweiten Blick verliebt und mögliche Partner genau in Augenschein nimmt, wird sie manches Mal getäuscht. Denn nicht jeder paßt zu dieser eigenwilligen Frau aus dem Steinbock-Zeichen. Mit ihrem Pflichtgefühl und ihrer Beharrlichkeit wird sie jedoch versuchen, auch in einer »unpassenden« Beziehung zurechtzukommen. So wird sie – trotz gegenteiliger Wünsche – auch mal nachgeben können, wenn der Partner darauf besteht, in der Verbindung die Führung zu übernehmen. Ideal wäre für sie ein *Stier*-Geborener. Bei ihm kann sie ihren Beruf weiter ausüben, weil er den Zugewinn eines zweiten Gehaltes zu schätzen weiß. Im intimen Bereich ist er ausdauernd und bringt selbst unterkühlte Gefühle auf Touren. Wenn sie für das nötige Kleingeld sorgt, kann er sogar als Hausmann die Familie versorgen. Beide sind erdverbundene Realisten und an materieller Sicherheit interessiert. Während die Steinbock-Frau darüber hinaus Wärme und Stabilität findet, profitiert umgekehrt der Stier von ihrem Ehrgeiz, der ihm manche Impulse gibt.

Mit dem oft lange zögernden *Jungfrau*-Mann teilt die vorsichtige Steinbock-Frau viele Gemeinsamkeiten. Beide sind am materiellen Erfolg interessiert, denken praktisch und planen gründlich. Probleme könnten jedoch entstehen, wenn der Jungfrau-Mann seiner Kritiklust zu sehr frönt – dies könnte die ehrgeizige Steinbock-Frau tief verletzen.

Mit dem Artgenossen aus dem *Steinbock*-Zeichen entsteht in einer Beziehung vielleicht ein bißchen Langeweile. Da herrscht des öfteren Alltagsroutine im Liebesleben, denn er entwickelt keine erotischen Phantasiefilme, sondern spult lieber Altbewährtes ab. Der materielle Wohlstand wird allerdings bei einer solchen Verbindung von ehrgeizigen Menschen kaum lange auf sich warten lassen. Zu empfehlen sind getrennte Schlafzimmer, dann hat jeder eine Rückzugsmöglichkeit, und man kann in schlaflosen Nächten überdenken, wie die Beziehung noch zu verbessern wäre.

Die Steinbock-Frau übernimmt in der Ehe gern das Steuer – nach dem Motto: Frauen fahren besser!

Der labile, emotionale *Krebs*-Mann ist von der Steinbock-Frau fasziniert, weil sie ihm mit ihrer Zielstrebigkeit, ihrer Disziplin und Selbstsicherheit den nötigen Halt im Leben verspricht. Sie wiederum genießt die menschliche Wärme, die der Krebs zu vergeben hat. Im Alltag können die Gegensätze im Wesen der beiden Sternzeichen jedoch hart aufeinanderprallen. Er sucht in jeder Frau ein Abbild seiner Mutter, und das findet er bei der Steinbock-Frau nicht. Sein Übermaß an Gefühl wird er dann nur noch den Kindern zukommen lassen.

Der *Fische*-Mann lernt an der Seite der Steinbock-Frau methodisches Planen und Pflichterfüllung kennen. Sie wird ihm seine Träume austreiben und seine Phantasie in für sie überschaubare Kanäle

Der Vergessen schenkende Mohn gehört astrologisch zum Steinbock.

lenken. Sie lehrt ihn beizeiten, daß Sparen ein erstrebenswertes Ideal ist, während er lieber das Geld mit ihr und mit vollen Händen ausgeben möchte. Die etwas ungleiche Partie wird Bestand haben, wenn beide aufeinander zugehen.

Skorpion und Steinbock haben viel gemeinsam: Sie sind zielstrebig, beharrlich und lassen sich ungern in die Karten schauen. Im sexuellen Bereich aber geht ihr oftmals der Skorpion-Mann, der auch mal erotische Umwege mit ihr testen möchte, zu weit. Er möchte sie für sich allein besitzen, hat aber nichts dagegen, wenn sie den gemeinsamen Besitzstand durch eine Nebenarbeit vermehrt. Daheim sollte sie ihn ruhig den Pascha spielen lassen. Im Endeffekt wird er dann doch tun, was sie will.

Ein Löwe-Mann will in der Ehe kein Teddybär sein ...

Mit dem *Wassermann* findet eine Steinbock-Frau viel gemeinsamen Gesprächsstoff; die Beziehung wird eher von Kameradschaft als von Erotik geprägt sein. Er wird aber dafür sorgen, daß in den intimen Stunden alles stimmt. Probleme könnte es geben, wenn er ihren Besitzanspruch in der Liebe in Frage stellt und ihr Anlaß zur Eifersucht gibt. Sie wiederum sollte ihm genügend Freiraum lassen.

Auch eine Verbindung zwischen *Löwe*-Mann und Steinbock-Frau gestaltet sich problematisch, denn beide sind von ihrem Wesen her sehr gegensätzlich und beanspruchen jeder für sich eine Führungsrolle. Kommen beide in dieser Frage zu einem Kompromiß, können sie sich gut in einer dauerhaften Verbindung ergänzen. Aufpassen muß sie nur, daß er in ihren Händen langfristig nicht zu einem leblosen Plüschtier wird.

Stark gefährdet erscheint eine Ehe der Steinbock-Frau mit dem so herrischen *Widder*-Mann, weil hier zwei ungleiche Charaktere zusammenstoßen. Die Steinbock-Frau muß ihrem Widder den nötigen Freiraum zugestehen, er wiederum darf sich durch ihre Unnahbarkeit nicht abschrecken lassen. Tatkräftig und strebsam sind beide.

Der *Schütze*-Mann strebt gern nach außen. Da die Steinbock-Frau im allgemeinen keine Zeit hat, ihn auf seinen verschlungenen Pfaden zu begleiten, sucht er sich manchmal Ersatz für sie. Eine solche Enttäuschung kann ein weiblicher Steinbock, für den Stabilität und Zuverlässigkeit so wichtig sind, kaum verwinden. Beide Seiten müßten schon sehr einsichtig sein, wenn sie das verflixte siebte Jahr gemeinsam überstehen möchten.

Ein *Zwillinge*-Mann ist in vielen Dingen der genaue Gegensatz der Steinbock-Frau. Er ist sehr vielseitig, kontaktfreudig, geht großzügig mit dem Geld um und hält kaum auf Ordnung. Diese Unterschiede können jedoch für beide eine Bereicherung sein und das Fundament einer dauerhaften Verbindung bilden.

Eine Steinbock-Frau wird immer nach oben streben.

Schwierigkeiten sind auch in einer Verbindung der Steinbock-Frau mit einem *Waage*-Mann zu befürchten. Zu ungleich ist die Weltanschauung der beiden. Er möchte das Leben genießen, sie aber kann es nicht leiden, wenn er untätig auf dem Sofa liegt und romantischen Träumen nachhängt. Mit etwas mehr Rücksichtnahme auf den Partner müßte es aber gelingen, solch ungleiche Charaktere zum Umdenken zu bringen. Und dann kann sogar aus dieser Verbindung etwas sehr Haltbares werden.

Der Steinbock-Mann: Die Liebe kommt oft zu kurz

Beim Steinbock-Mann ist es wie bei einem guten Wein: Je älter er wird, desto besser wird er. In der Jugend quillt die Lebensfreude nur zeitweise über, weil einem echten Steinbock-Typen kaum Zeit für private Gefühle bleibt. Der Beruf steht dann im Vordergrund, und wie sein Namensvetter, das alpine Klettertier, bemüht er sich um den Aufstieg. Aber es dauert eine ganze Weile, bis er oben angelangt ist, denn der Steinbock-Mann ist nicht der schnellste. Beharrlichkeit, methodisches Planen und Vorsicht sind seine Erfolgsgaranten. Die Liebe kommt ein Stück zu kurz.

Ob jung oder alt – der Steinbock-Mann schreitet ernst und in sich gekehrt durchs Leben. Er ist gerne nach der neuesten Mode gekleidet und dabei sehr auf Würde bedacht. Auch wenn es vielleicht länger dauert, wird er seinen Weg machen, weil er einfach ein netter, wenn auch zurückhaltender Mensch ist, den man gern fördert.

Neben dem typischen Steinbock-Vertreter gibt es auch noch den anderen, der mit einer gehörigen Portion Skrupellosigkeit und Durchsetzungsvermögen ausgestattet ist. Was oder wer ihn auch immer an seinem unaufhaltsamen Aufstieg hindert, wird aus dem Wege geräumt – wenn nötig mit den Ellenbogen. Für jeden, der ihm nützen kann, hat er jedoch ein nettes Wort und macht sich bei ihm so

beliebt, daß er sich mehr erlauben kann als jeder andere. Auch das ist ein Steinbock-Mann.

Muße hat keiner dieser beiden Typen, denn die Arbeit hält sie ständig auf Trab. Deshalb nimmt sich der Steinbock-Mann oft nur wenig Zeit für die Liebe und die Wahl seiner Partnerin.

Wer einen Steinbock kennenlernen möchte, sollte es einmal am Arbeitsplatz versuchen, damit er weder die Geduld noch kostbare Minuten verliert. Lädt er eine Frau dann »großzügig« in die Betriebskantine ein, sollte sie das für sich durchaus als Pluspunkt verbuchen. Mehr nämlich wird seine Sparsamkeit bei der ersten Begegnung nicht zulassen.

Ein Steinbock-Mann ist nicht einfach zu durchschauen, denn er trägt nur zu gerne eine Maske, hinter der er sich versteckt.

Die Frau, die ihm einen teuren Restaurantbesuch erspart, indem sie ihn zu sich nach Hause einlädt, wird wegen dieses haushälterischen Verhaltens in seiner Achtung steigen. Er wird sich später revanchieren, allerdings nicht unbedingt in einem Drei-Sterne-Restaurant; seine Stammkneipe tut's auch ...

Geizig ist dieser Mann nicht, nur äußerst sparsam; übrigens auch mit Komplimenten. Für ein Übermaß an schönen Worten hat er genau so wenig übrig wie für ein Übermaß an schmückendem Beiwerk bei einer Frau. Letzteres ist übrigens gar nicht so wichtig, weil er weniger an Äußerlichkeiten interessiert ist als an Persönlichkeit. Der Steinbock bevorzugt unkomplizierte Frauen, die offen ihr wahres Gesicht zeigen und ihn nicht auf Stöckelschuhen beim Waldspaziergang begleiten wollen.

Partnerwahl am Arbeitsplatz

Ein Saturn-Schützling bleibt nicht gern allein, und darum geht mancher Steinbock schon früh eine feste Beziehung ein. Da Steinböcke meist über viel Menschenkenntnis verfügen, finden sie oft die richtige Partnerin, auch wenn sie sich nur wenig Zeit für die Wahl lassen. Manchmal jedoch erlebt der Steinbock eine Enttäuschung, wenn die von ihm begehrte Frau seine Werbung als zu unterkühlt empfindet. Meistens wird jedoch auch ein Steinbock fröhlich und unbeschwert, sobald er sich verliebt hat.

Emanzipierte Frauen, die ihre Unabhängigkeit von der Männerwelt tagtäglich zur Schau stellen, lehnt er ab. Aber er ist auch nicht der selbstgerechte Mann, der von einer Frau die absolute Unterordnung verlangt.

Hat ein Steinbock-Mann erst einmal die Richtige gefunden, wird er mit ihr ein Leben lang zusammenbleiben.

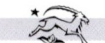

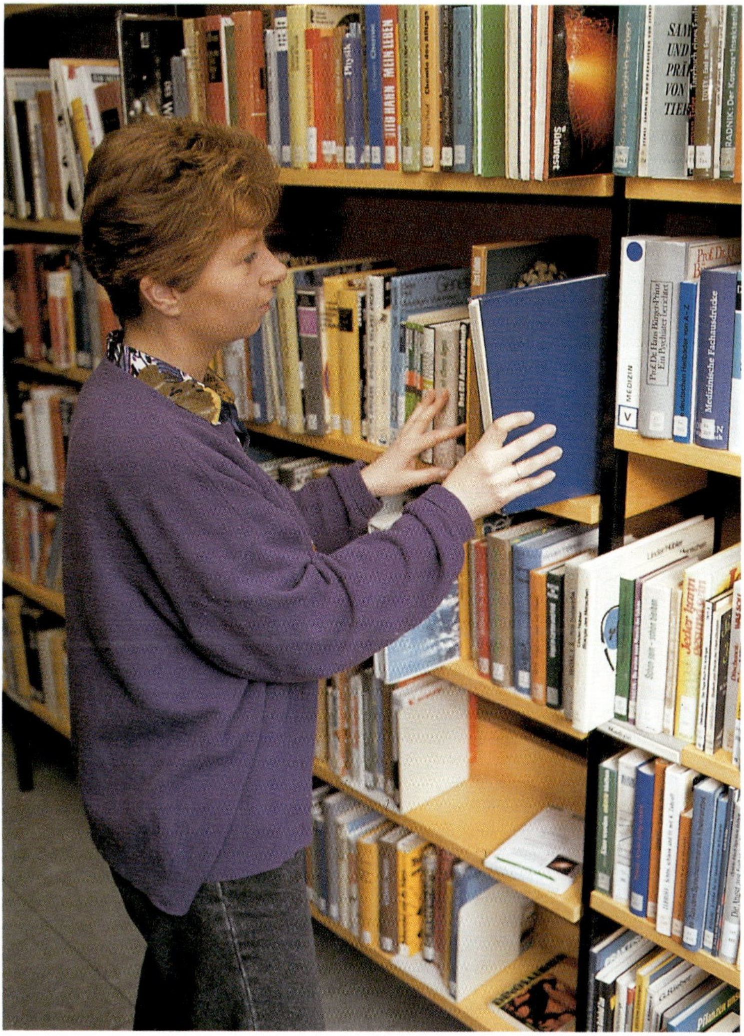
Physik
MEIN LEBEN
Südwest
MEDIZIN
Prof. Dr. Hans Bürger-Prinz
Ein Psychiater berichtet
Medizinische Fachausdrücke

Die meisten Steinböcke lernen ihre zukünftige Partnerin am Arbeitsplatz kennen. Für sie ist es der einfachste Weg, mit Frauen zusammenzukommen, um herauszufinden, ob sie ihren gehobenen Ansprüchen auch gerecht werden. Das erklärt den scheinbaren Widerspruch, daß ein Steinbock-Mann, obwohl er wenig Zeit hat, doch recht wählerisch ist und einigermaßen gründlich prüft, bevor er sich mit einer Frau einläßt.

Einen Steinbock lernt man auch bei Fortbildungsseminaren oder in Bibliotheken kennen, in denen er seinen Wissensdurst stillt. Gerät man an den ernsten, meist verschlossenen Steinbock-Typ, wird man es schwer haben, den rechten Ton zu treffen, um Zugang zu seinen Gefühlen zu finden. Er macht sich oft das Leben und auch die Partnerwahl unnötig schwer, indem er Probleme wälzt, die eigentlich gar keine sind.

Gerät man aber an den anderen Typ, den rücksichtslosen Bruder Luftikus, so merkt man, daß auch ein Steinbock flirten kann, wenn er von einer Frau fasziniert ist. Meist hat er einen Aszendenten in seinem persönlichen Horoskop, der die oft zur Schau gestellte Ernsthaftigkeit des Saturn-Schützlings dämpft und ihm mehr Leichtigkeit verleiht.

Seine sexuellen Vorlieben

Wie seine Sternenschwester ist auch der Steinbock-Mann nicht prüde. Für ihn ist Sex die natürlichste Sache der Welt. Er ist aber kein leidenschaftlicher Liebhaber, sondern benötigt Zeit, um sich auf seine Partnerin einzustellen.

Meist ist er aus eigenem Antrieb nicht sehr erfinderisch in den Sexpraktiken. Obwohl er am liebsten eine Jungfrau heiraten würde,

Erfolgsversprechender Ort für Begegnungen und Flirts: die Bibliothek.

41

tendiert er in Sachen Sex eher zu erfahreneren Frauen, von denen er noch etwas lernen kann.

Ein guter Wein zum Abendessen stimmt ihn ein. Manche Saturn-Schützlinge bevorzugen ein Bier oder einen Korn. Alkohol löst ihre Zunge und nimmt ihnen wohl auch ein Quentchen ihrer Zurückhaltung. Daß man danach intim wird, ist für ihn selbstverständlich und keine Pflichtübung.

In der Erotik vergißt er seine sprichwörtliche Sparsamkeit – und sich selbst. Er kann sehr zärtlich sein und ist selten ein Draufgänger. Er möchte sich langsam ins lustvolle Vergnügen hineinsteigern. Gern überläßt er auch einer temperament- und phantasievollen Frau das Kommando beim erotischen Spiel.

Ein guter Wein zum Abendessen stimmt den Steinbock ein: Alkohol löst seine Zunge ...

42

Obwohl er im Alltag keine Zeit vergeudet, geht er in der Liebe behutsam vor. Er ähnelt einem Rotwein, der lange vor dem Genuß geöffnet werden sollte, damit er atmet und sich erwärmt, und er wird wie der Wein mit dem Alter immer besser.

Zur Stimulierung benötigt der Steinbock eine gemütliche Atmosphäre mit Dämmerlicht und leiser, romantischer Musik. Grelle Scheinwerfer, die die Szene bühnenreif ausleuchten, und heiße Musik, die den Rhythmus bestimmt, sind ihm ein Greuel. Er liebt es sehr sanft.

Richtig angeregt ist er ein ausdauernder Liebhaber, der die Nacht zum Tage macht. Er schätzt es, wenn die Partnerin ihm den Rücken streichelt und sich mit den Fingern sanft an den Wirbeln herunter-

Steinbock-Männer fangen nicht so leicht Feuer, aber wenn der Funke erst einmal übergesprungen ist, werden sie zu Dauerbrennern.

tastet. Am Rücken reagiert er besonders sensibel auf Zärtlichkeiten. Solche sanften, sinnlichen Berührungen erhöhen seine Ausdauer, die jeder Frau den Höhepunkt garantiert.

Hat seine Geliebte mal keinen Appetit auf süße Stunden, braucht sie übrigens keine Migräne vorzutäuschen; denn der Steinbock ist zwar ein rückhaltloser, aber kein rücksichtsloser Liebhaber, auch wenn es ihm schwerfällt, auf zärtliche Genüsse zu verzichten.

Er will auch mal allein sein

Der Steinbock-Mann braucht eine verständnisvolle und treue Partnerin, die ihn in Krisenzeiten psychisch aufrichten kann und ihm Zeit läßt, wenn er manchmal seinen mehr oder weniger trüben Gedanken nachhängt. Immer wieder braucht er Rückzugsmöglichkeiten, um in der Einsamkeit neue Energie für sein anstrengendes Leben zu tanken. Bevorzugt sucht er sich ein Hobby, bei dem er auf sich allein gestellt ist. Der eine Steinbock schreinert, der andere segelt, und ein dritter steigt als Drachenflieger in einsame Höhen auf, um dort mit sich und seinen Gedanken allein zu sein.

Obwohl der Steinbock häufig nicht zu Hause ist, wird er sich als guter Familienvater bewähren. Er achtet stets darauf, daß seine Kinder eine gute Ausbildung erhalten, damit sie im Leben vorankommen können. Sein Herz aber hängt vielleicht gerade an jenem Sprößling, der von der Natur benachteiligt wurde, der sich im Leben nicht so behaupten kann wie seine selbstsicheren Geschwister. Diese Fürsorge macht den Steinbock-Mann besonders sympathisch.

Jeder richtige Steinbock-Mann braucht gelegentlich den Rückzug in die Einsamkeit, um mit sich und seinen Problemen ins reine zu kommen.
Bild Seite 46/47: Das Element, das dem Tierkreiszeichen Steinbock zugeordnet wird, ist die Erde.

45

Der Steinbock erweist sich in seiner Freizeit nicht unbedingt als gesprächig. Er hört lieber zu, was die anderen reden, und macht sich darüber seine Gedanken. Streitgesprächen im Familienkreis weicht er gern aus.

Fühlt er sich verletzt, ist er oft nachtragend. Dann schlägt er nicht gleich zurück, sondern wartet den geeigneten Zeitpunkt ab, wo er anderen all das zurückzahlen kann, was sie ihm angetan haben. Das macht das Zusammenleben mit ihm nicht einfach. Mit der Zeit wird man sich jedoch an dieses etwas eigenbrötlerische Verhalten gewöhnen und sich im stillen Kämmerlein eingestehen: Ein Steinbock-Mann ist nun mal so ...

Ein Steinbock, der mehr über seine Zukunft wissen will, sollte einmal Bleigießen probieren, denn dieses Metall bringt ihm Glück.

Wer zu ihm paßt

Der Steinbock-Mann ist sicher – und sei es nur aus Mangel an Gelegenheit – einer der Treuesten im ganzen Tierkreis. Für Seitensprünge fehlt ihm die Zeit. Gefährlich wird es erst, wenn seine Karriere ins Stocken gerät. Dann kann es passieren, daß er Abwechslung bei einer anderen Frau sucht. Auch die Midlife-Crisis ist besonders für Steinbock-Männer eine kritische Zeit.

Die ideale Frau wäre für ihn die *Stier*-Dame. Sie baut ihm das gemütliche Heim, in dem er sich von seinen beruflichen Strapazen ausruhen kann. Obwohl sie gern berufstätig ist, wird sie doch eher seine

Geduld ist zwar des Steinbocks starke Seite, aber wenn er nach zweibeinigen Schönheiten angelt, will er schnell Erfolg haben.

49

Karriere in den Vordergrund rücken. Das intime Leben der beiden kann dabei ein wenig zu kurz kommen. Mag auch in einer solchen Verbindung anfänglich keine überschwengliche Leidenschaft herrschen, so wird sie in den meisten Fällen doch von Dauer sein.

Auch die *Jungfrau*-Geborene sammelt wie der Steinbock liebend gern Aktien und festverzinsliche Papiere. Beide sind sehr realitätsbezogen und meistern das Leben mit Pragmatismus, methodischem Vorgehen und Beharrlichkeit. Auch in den intimen Angelegenheiten sind die beiden sich einig. Einer dauerhaften Verbindung könnte nur ihre Kritiklust im Wege stehen.

Etwas kühler noch ist das Verhältnis unter den Sternengeschwistern im *Steinbock*-Zeichen. Da wird ein Leben lang gearbeitet, um nicht nur die Altersversorgung sicherzustellen.

Leider geht im Lebenskampf der beiden sonst so gleichgelagerten Typen oft das Gefühl verloren. Beide haben recht wenig Zeit für die Liebe. Sie sollten aber bedenken, daß Pflichtübungen allein nicht ausreichen, um ein Leben lang miteinander glücklich zu sein. Da könnten eines Tages auf beiden Seiten Depressionen aufkommen, die – astrologisch gesehen – in dem vom Saturn beherrschten Zeichen durchaus typisch sind.

Beim Steinbock kann die *Krebs*-Frau auf solide materielle Sicherheiten bauen. Aber was nützen Hausbesitz und finanzieller Wohlstand, wenn dabei die tiefen Gefühle einer Krebs-Frau auf der Strecke bleiben? Der Konfliktstoff baut sich in dieser Verbindung möglicherweise schon früh auf und könnte – wenn der Steinbock sich nicht ändert – bald zur Trennung führen.

Mit viel Gefühl versucht die *Fische*-Frau, den unnahbaren Steinbock aus der Reserve zu locken. Sie versteht durchaus, daß er im Arbeitskampf manchmal seine letzten Kräfte mobilisieren muß und abends

Wie der Uhu, der astrologisch zu diesem Tierkreiszeichen gehört, lieben Steinböcke das Dunkel der Nacht.

51

nicht mehr allzu viel Lust auf weitere Anstrengungen hat. Ist er allzu oft nicht zu Hause, macht er den Weg für andere frei.

Mit ihrem Feuer gibt die *Skorpion*-Frau einem Steinbock viele Impulse und hilft ihm beim beruflichen Aufstieg. Leider möchte sie den Steinbock beherrschen, was dieser nicht leiden kann, und deshalb beginnt oft ein ehelicher Kleinkrieg um die Führungsposition, in dem mal der eine und dann wieder die andere obsiegt. Der Kampf um materiellen Wohlstand kann leicht dazu führen, daß der Steinbock die sexuellen Bedürfnisse seiner Skorpionin vergißt.

Viel Bewunderung hat der grüblerische Steinbock-Mann für seine *Löwe*-Frau, die weiß, wie man glanzvoll auftritt. Sie wiederum schätzt an ihm die Zuverlässigkeit. Leider kommt die Liebe in einer solchen Verbindung aus Vernunftgründen oft nur in zweiter Linie zum Zuge. Erst muß der materielle Wohlstand für die Familie gesichert sein. Nach einer langen Zeit des Aufbaus sehnen sich Löwe-Frau und Steinbock-Mann danach, nur füreinander dazusein.

Auch bei der *Widder*-Frau muß er seine patriarchalischen Allüren ablegen, wenn sie ihn anziehend finden soll. Sie pocht auf Gleichberechtigung in der Beziehung. Ihm gefällt an ihr das Temperament, mit dem sie schwungvoll durchs Leben geht, während er oft übervorsichtig seinen Weg wählt. Sie wiederum ist von seiner Geradlinigkeit und Beharrlichkeit beeindruckt. Wenn er sie nicht umerziehen will, hat eine solche Verbindung Aussicht auf Erfolg.

Bei der *Wassermann*-Frau stören ihn ihr Freiheitsdrang und ihre Unabhängigkeit. Trotz der gegensätzlichen Charaktereigenschaften führen sie möglicherweise eine recht glückliche Ehe, vor allem, wenn sie gelernt haben, tolerant aufeinander zuzugehen. So muß der Steinbock-Mann sich zum Beispiel damit abfinden, daß seine Partnerin einfach nicht die richtige Beziehung zum Geld findet.

Mit der *Schütze*-Frau kann der Steinbock seinen Kummer haben. Sie hält nicht viel von Häuslichkeit, sondern möchte lieber abends ausgeführt werden. Doch kann ihre Fröhlichkeit den Steinbock aus sei-

nen Grübeleien holen. Umgekehrt wird er ihre allzu große Impulsivität bremsen. Die wesensmäßigen Gegensätze können eine solche Verbindung durchaus stabilisieren, sind aber keine Garanten.

Die *Waage*-Frau ist in vielen Dingen der Gegenpol zum Steinbock. Wo er zielstrebig seinen Erfolg plant und dabei die Kontakte zur Umwelt vergißt, ist die Waage umgänglich; sie ist nicht unbedingt fleißig, dafür aber recht verschwenderisch. Seltsamerweise ist dem sparsamen Steinbock-Mann für seine Waage-Frau nichts zu teuer; doch haben sich die beiden auch viel zu geben. Sie schätzt die finanzielle Sicherheit, er lernt bei ihr, das Leben zu genießen. Allen Unkenrufen zum Trotz kann eine solche Waage-Steinbock-Ehe lange Bestand haben.

Der Hund, Symbol für Treue, zählt astrologisch zum Steinbock.

Die Ansichten des Steinbocks und einer *Zwillinge*-Frau sind vollkommen verschieden. Doch manchmal ziehen sich Gegensätze an, und die Betroffenen stellen fest, daß sie sich gut ergänzen. Die unruhige Dame aus dem von Merkur beherrschten Zeichen fände einen Halt, der mehr dem Arbeitsleben zugewandte Steinbock-Mann eine reizende Abwechslung im täglichen Einerlei. Wenn die beiden mit viel Toleranz und Verständnis miteinander umgehen, kann eine solche Beziehung gutgehen.

Mit Bedacht Karriere machen

Ein Steinbock-Geborener ist ehrgeiziger als die Menschen aus den anderen Tierkreiszeichen. Er arbeitet mehr und härter; gleichwohl fehlt ihm eine gewisse Leichtigkeit. Statt sich eine Ruhepause zu gönnen, beginnt er möglicherweise etwas Neues. Im allgemeinen geht er sehr bedächtig vor, weshalb er meistens weniger Fehler als seine Kollegen macht.

Mit sehr viel Umsicht gehen die Frauen und Männer aus dem Saturn-Zeichen an ihre Aufgaben heran und lösen sie in den meisten Fällen mit Bravour. Wenn sie ein Ziel vor Augen haben, versetzt ihr Wille Berge. Weil sie den Ehrgeiz haben, alles perfekt zu machen, erledigen sie ihre Arbeit jedoch häufig recht umständlich. Steinbock-Menschen nehmen ihren Beruf sehr ernst und verrichten ihre Arbeit gern schweigend, ohne auf die Umgebung zu achten. Anweisungen befolgen sie oft nur mit Widerwillen, vor allem, wenn sie nicht vollkommen davon überzeugt sind.

Steinbock-Menschen, denen der berufliche Aufstieg gleichgültig ist und die auf dem unteren Ende der Karriereleiter stehen bleiben, sind

Manchmal erinnern Steinbock-Menschen an Esel; sie tragen erst bereitwillig die schwersten Lasten und werden dann plötzlich störrisch.

selten. Meist haben sie ungünstige Planetenkonstellationen in ihrem Horoskop.

Natürlich gibt es auch bei den im Steinbock-Zeichen Geborenen einige wenig beliebte Menschen, die kräftig ihre Ellenbogen einsetzen und ohne große Zeitverschwendung nach oben wollen. Sie mögen Gönner finden, Freunde aber kaum. Nur gut, daß dieser Menschentyp im Steinbock-Zeichen in der Minderheit ist.

Fast alle Steinbock-Menschen sind Einzelgänger, die selbst in einer größeren Gruppe für sich bleiben und sich nicht darum kümmern, was die anderen tun und lassen. Das klingt sehr nach übersteigertem Selbstbewußtsein, der Erfolg gibt den Saturn-Schützlingen aber meistens recht.

Steinbock-Menschen sind Praktiker; die Theorie ist für sie meist nur ein Mittel, um eine Arbeit erfolgreich zu erledigen. Darum werden sie in allen Berufen, die eine gewisse Fingerfertigkeit voraussetzen, vorankommen.

Viele Steinböcke kennen sich bestens in Geldangelegenheiten aus, weshalb sie als hervorragende Steuerberater gelten oder in kaufmännischen Berufen zu den Spitzenkönnern zählen. Als Manager können sie wegen ihres finanziellen Gespürs einen konkursverdächtigen Betrieb leicht aus den roten Zahlen bringen.

Durchsetzungsstarke Politiker aus dem von Saturn geförderten Zeichen werden manchmal sogar von ihren Gegnern gelobt, weil sie als richtig erkannte Ziele gelegentlich auch gegen den Widerstand ihrer Parteifreunde durchsetzen.

Die Statistik zeigt, daß Steinbock-Menschen in der ersten Hälfte ihres Lebens meist Angestellte oder Arbeiter sind und erst allmählich zur Selbständigkeit drängen. Dies entspricht der für sie typischen Bedachtsamkeit, mit der sie ihre Erfolge und ihr Berufsleben planen. Steinböcke sind tüchtige Chefs, die ihr Pflichtgefühl und ihren Leistungswillen auf die ihnen Unterstellten übertragen. Sie bemühen sich zwar um ein gutes Betriebsklima, sind aber wegen der hohen

Ansprüche, die sie an ihre Mitarbeiter stellen, oft nicht allzu beliebt. Die Frauen und Männer aus dem Steinbock-Zeichen bevorzugen immer solche Berufe, die ihnen ein sicheres Einkommen versprechen. Unsichere alternative Lebensformen sind ihnen meist ein Greuel, weshalb sie nur ungern aus der Gesellschaft ausbrechen. Steinbock-Menschen tauschen häufiger als andere im Tierkreis den erlernten Beruf gegen einen anderen ein, wenn dieser ihnen mehr Sicherheit und eine bessere Altersversorgung verspricht. Andere

Ihr täglich Brot verdienen die meisten Steinbock-Geborenen am liebsten als Selbständige – ohne die Einmischung anderer.

dagegen harren wegen der sicheren Stellung eventuell ein Leben lang in einer ungeliebten Tätigkeit aus. Dieses Streben nach absoluter Sicherheit ist in wirtschaftlich unsicheren Zeiten viel wert. Untergehen wird in diesem Zeichen kaum einer, sofern er in seinem persönlichen Horoskop keinen hemmenden Planeten stehen hat.

Steinbock-Geborene sind meist gute Verwaltungsbeamte. Als Lehrer wollen sie lebenstüchtige junge Menschen heranbilden, sind dabei aber manchmal strenger als ihre Kollegen.

Als Makler beweisen sie ihr Geschick im Umgang mit Geld und Immobilien. Sie setzen sich als Schauspieler für Werktreue ein; ihre Darstellungskunst wird selbst von Regisseuren gelobt, denen sie gern widersprechen.

Diese Steinbock-Menschen fühlen sich in ihren Berufen ebenso unentbehrlich wie etwa die Sekretärin im Vorzimmer eines autoritären Chefs oder die Leiterin eines Heimes für alleinerziehende Mütter oder schwer erziehbare Kinder.

Die Frauen aus dem vom Saturn beherrschten Zeichen betrachten ihren Beruf als eine Art Statussymbol, das man auch in einer Ehe mit einem gutsituierten Mann hochhält.

Haben sie studiert, arbeiten Steinbock-Männer wie -Frauen oft in Verlagen und Redaktionen oder auch als Wissenschaftler an der Universität. Als Diplomingenieure können sie ihr technisches Talent unter Beweis stellen.

Der Beruf nimmt vor allem die Steinbock-Männer so sehr in Anspruch, daß sie darüber ihr Privatleben vergessen können. Erst in späteren Jahren gelangen sie zu der Erkenntnis, daß man arbeitet, um zu leben – und nicht umgekehrt. Für manche von ihnen kommt diese Einsicht freilich zu spät.

Der apfelgrüne Chrysopras gilt als besonders wirksamer Talisman im Zeichen des Steinbocks.

59

Die Finanzen müssen stimmen

Beim Steinbock müssen die Finanzen immer stimmen. Das Geld ist seine Welt. Die meisten im Zeichen des Saturn Geborenen legen beizeiten Erspartes zinsgünstig an und versuchen, feste Werte wie Hausbesitz und Grundstücke zu erwerben. Weil er stets befürchtet, daß sich die Zeiten zum Schlechten wenden können, kommt dieser pessimistische Sternentyp oft kaum zum Lebensgenuß. Erst in späteren Jahren, wenn ein gewisser Wohlstand erreicht ist, gönnen sich

Steinbock-Geborene neigen gelegentlich zur Depression.

Steinböcke den einen oder anderen Luxus. Zu ihren Wünschen gehört vielleicht die einsame Hütte in den Alpen, von der aus sie weite Wanderungen in die Bergwelt starten, ein Abonnement fürs Theater oder gar eine Reise rund um den Globus. Erfüllen sie sich einen solchen Traum, verfallen sie möglicherweise in Zweifel, ob es auch richtig war, ihr sauer verdientes Geld für derlei Luxus auszugeben. Der Steinbock-Mensch denkt immer realistisch. Er vertraut nur auf seine Arbeitskraft und auf das, was man damit erreichen kann. Die Gunst des Schicksals ist für ihn trügerisch, selbst wenn er darauf hofft, daß ihn eines Tages das Lottoglück von seinen vielen Zweifeln befreit.

Blei ist das Metall des Saturn-Menschen vielleicht deshalb, weil die Verantwortung stets bleischwer auf ihm lastet, hierzu gehören vor allem Fragen, wie er sein Vermögen mehren kann, um unabhängig von allen wirtschaftlichen Veränderungen leben zu können. Viel zu oft macht sich dieser Menschentyp das Leben unnötig schwer.

Sorgen um die Gesundheit

Nach außen hin ist jeder Steinbock-Mensch hart gegen sich selbst. Er strahlt eine enorme Widerstandskraft aus. Sein Arbeitseifer scheint unerschütterlich zu sein, bis sich von Mal zu Mal einige Schwachstellen zeigen. Zunächst sind es »nur« Erkältungskrankheiten, dann rheumatische Beschwerden, die den Steinbock in seiner Gesundheit einschränken.

Mit zunehmendem Alter macht ihnen – vor allem bei Frauen aus dem Saturn-Zeichen – der Stoffwechsel Sorgen. Dann fehlen sie zwar für drei oder vier Tage im Betrieb, eilen danach aber schnell wieder an die Arbeitsstätte, weil sie der irrigen Ansicht sind, daß es ohne sie einfach nicht geht. Es ist nicht Sache der Steinbock-Menschen, eine Krankheit richtig auszukurieren: Sie haben Angst, daß

sich längere Fehlzeiten negativ auf ihren beruflichen Aufstieg auswirken könnten.

Hinzu kommt, daß sie gegenüber Ärzten sehr skeptisch sind und in vielen Fällen gar nichts von deren Ratschlägen halten. Die pessimistische Grundtendenz, die den meisten Steinbock-Menschen zueigen ist, kann zu Depressionen und anderen psychischen Störungen führen, die ihnen oft viel schlimmer zusetzen als organische Leiden. Gerade die nahezu arbeitswütigen Steinbock-Menschen müssen auf ihre Gesundheit achten. Vernünftige Ernährung und regelmäßige Mahlzeiten sind für sie ebenso wichtig wie Bewegung an frischer

Der dunkel schillernde Onyx bringt Steinbock-Menschen Glück.

Luft, die für einen Ausgleich zur harten Arbeit in stickigen Büros oder lauten Fabrikhallen sorgt. Steinbock-Menschen, die ihre Freizeit gern in freier Natur verbringen, können sehr alt werden, Stubenhocker dagegen sind gesundheitlich gefährdet.

Zu den Krankheiten, die Steinbock-Menschen befallen, gehören oftmals Steinbildungen, vor allem in den Nieren. Die Kniegelenke und der Knochenbau, astrologisch seit Urzeiten dem Steinbock-Zeichen zugeordnet, sind ebensolche Schwachstellen. Oft wird schon im Kindesalter Kalkmangel festgestellt.

Auch Allergien kommen bei Steinbock-Menschen recht häufig vor. Sie sollten daher einen Allergietest machen lassen. Aber welcher Steinbock geht schon wegen einer solchen »Nebensächlichkeit« zum Arzt?

Körperliche Leiden, vor allem wenn sie verschleppt werden, können bei diesem Saturn-Typ zu seelischen Verkrampfungen und Depressionen führen und sehr leicht chronisch werden.

Glücksbringer des Steinbocks

Wegen seiner pessimistischen Grundeinstellung in vielen Lebenslagen glaubt der Steinbock-Mensch nie so recht an sein Glück. Aber trotz ihrer so realistischen Lebensauffassung sind viele aus dem vom düsteren Saturn beherrschten Zeichen abergläubisch und greifen zu einem Talisman, von dem sie sich wahre Wunderdinge erhoffen.

Manche Steinbock-Männer tragen stets einen winzigen Bleisoldaten aus ihren Kindertagen im Portemonnaie bei sich – nicht etwa, weil sie militärisch denken, sondern weil sie wissen, daß Blei ihr Glücksmetall ist. Diese Menschen glauben, daß ihr Geld nie ausgehen wird, wenn sie ständig Blei bei sich haben.

Andere aus diesem Zeichen – allen voran die Frauen – wissen um die Wunderwirkung ihrer persönlichen Glückssteine. Da steht an erster

Stelle der Onyx, eine schwarz und weiß gebänderte Abart des Achats, dem im Altertum besondere okkulte Kraft zugesprochen wurde.

Die Araber nennen noch heute den schwarzen Onyx einen Stein der Trauer und des Kummers, der aber bei Steinbock-Menschen Depressionen verscheuchen soll. Bei den Griechen der Antike wurde dieser Stein dem Planeten Saturn zugeschrieben, dem Paten des Steinbocks. Wer ihn trägt, so glaubte man, werde weitgehend von traurigen Anlässen verschont bleiben.

Der apfelgrüne Chrysopras, eine durch Nickeloxyd grünlich gefärbte Chalzedon-Abart, soll vor allem die Unternehmungen eines Steinbock-Menschen begünstigen. Als Glücksstein gilt auch der dunkel- bis smaragdgrüne, seidenglänzende Malachit.

Ein Anhänger, mit einem tiefroten Rubin geschmückt, zieht nach altem Glauben die mannigfaltigen Sorgen eines Steinbock-Menschen an sich und wendet sie magisch von ihm ab. Außerdem soll der Rubin vor Gift und bösen Geistern schützen.

Der saphirfarbene blaue Spinell, ebenfalls ein Glücksstein im Steinbock-Zeichen, ist nach der Überlieferung ein Abwehrmittel gegen alles Böse und gegen Depressionen. Er soll seinen Träger außerdem reich und furchtlos machen, was den Steinbock durchaus dazu anregen könnte, ihn zu tragen.

Die 8, die Zahl des Saturns, bringt vor allem älteren Steinbock-Menschen Glück, obwohl sie sonst als nur wenig glücksverheißend gilt. Nach alter Zahlenmystik sollen der 8., 17. und 26. eines jeden Monats besonders günstig für Steinbock-Geborene sein, weil diese Zahlen die Quersumme 8 haben.

Ein Rubin als Talisman schützt diese Sternenkinder vor Unglück. Nach alter Überlieferung zieht dieser Edelstein die Sorgen magisch an sich und wendet sie so von seinem Träger ab.

Die empfindliche Mimose

Steinbock-Menschen gelten als überaus empfindliche Leute. Tatsächlich wird die Mimose, die auf die geringste Erschütterung oder Berührung mit dem Schließen ihrer gelben Blütenblättchen reagiert, dem Steinbock-Zeichen seit dem Altertum zugeordnet, wie übrigens auch der rote Mohn. Dieser ist ebenfalls sehr empfindlich und läßt meist schon beim geringsten Windhauch seine roten Blütenblätter fallen.

Die Myrte, ein immergrüner, weißblühender Strauch (oder auch Baum), war im Altertum der Aphrodite heilig. Im Mittelalter galt sie als Glücksbringer für Steinbock-Frauen, wenn diese sich aus ihren Zweigen einen Brautkranz flochten.

Ein unermüdlicher Kletterer wie das Wappentier des Steinbock-Zeichens ist der immergrüne Efeu.

Unermüdliche Kletterer wie der Steinbock selbst sind der ebenfalls immergrüne Efeu und das Geißblatt, das auch Jelängerjelieber genannt wird und vielleicht auf die Eigenart mancher Steinbock-Menschen hinweisen soll, sich vor Überstunden nicht zu drücken, wenn sie dadurch mehr erreichen können.

Unter den Nutzpflanzen wird die Quitte, ein Rosengewächs, das apfel- oder birnenförmige Früchte trägt, dem Steinbock-Typ zugeschrieben; vermutlich, weil er seinen Mitmenschen wegen seiner Launen zeitweise als ungenießbar erscheint.

Der griechische Arzt Hippokrates empfahl in der Antike den Sellerie gegen zerrüttete Nerven. Er wußte nicht, daß diese Knolle später dem Steinbock-Zeichen zugeordnet werden würde. Sie regt den Appetit an und hilft bei Stoffwechselstörungen, unter denen Steinbock-Menschen manchmal zu leiden haben.

Dem Saturn-Zeichen werden auch die Gerste, das scharfe Radieschen, der Hopfen und der Hanf zugeordnet. Belladonna, Bilsenkraut und Thymian ergänzen die lange Reihe der steinbocktypischen Pflanzen. Die Tollkirsche wurde von den Frauen der Antike zur Erweiterung der Pupillen genutzt – weil dies als besonders schön galt. Man nannte das Nachtschattengewächs deshalb Belladonna (»schöne Frau«). Die giftige Frucht dämpft übrigens die nervöse Erregbarkeit.

Das Bilsenkraut ist ebenfalls sehr giftig, kann aber Krampfzustände lösen. Eine vielseitige Heilpflanze ist der Thymian, der vor steinbocktypischen Erkrankungen wie Grippe und Erkältungen schützen kann. Er wird aber auch als Gewürz beim Kochen verwendet, weil er – neben der Geschmacksverfeinerung der Speisen – Appetit und Verdauung anregt.

Schließlich gehören auch hochaufstrebende Bäume zum Steinbock-Zeichen: die recht selten gewordene Pappel, die bis zu dreitausend Jahre alt werdende Zeder und die Mispel mit ihren aprikosenähnlichen Früchten.

Geduldig wie ein Kamel

Neben seinem Wappentier, dem emsig nach oben kletternden Steinbock, werden dem Saturn-Zeichen auch die stets meckernde Ziege, der etwas störrische Esel und das geduldige und enthaltsame Kamel zugeordnet.

Im übertragenen Sinn zeigen diese Tiere mögliche Charaktereigenschaften des Steinbock-Menschen auf. Dies gilt ebenso für den anhänglichen, aber manchmal sehr eifersüchtigen und besitzergreifenden Schäferhund.

Waldkauz und Uhu zählen gleichfalls zu den Tieren, die seit Urgedenken dem Steinbock-Zeichen nahestehen. Sie wurden schon im Altertum als sogenannte Unglücksvögel dem düsteren Planeten Saturn beigestellt.

Ihr unermüdliches nächtliches Treiben deutet zwei weitere Charaktereigenschaften des Steinbock-Menschen an: sein Beharrungsvermögen und seine Ausdauer bei der Erledigung von Arbeiten, wenn er die Nacht zum Tage macht. Wie die beiden Eulenvögel geht er gemächlich vor, schlägt aber im rechten Augenblick zu, wenn er fette Beute machen kann.

Die genügsame Schildkröte symbolisiert ebenfalls Steinbockeigenarten. Wenn sie Feinde wittert, zieht sie sich in ihren harten Panzer zurück und wartet geduldig ab, bis der Gegner verschwunden und damit die Gefahr vorüber ist.

Auch der Steinbock-Mensch übt sich in Geduld und zieht sich gern in sich selbst zurück, um Unerfreulichem aus dem Weg zu gehen. Wie bei der Schildkröte ist unter der harten Schale ein weicher Kern verborgen, der leicht zu verletzen ist.

Die schlanken, hochaufstrebenden Pappeln gehören – neben den langlebigen Zedern – zu den Bäumen, die dem Tierkreiszeichen Steinbock zugeordnet sind.

Das Steinbock-Kind: Ordnung ist das halbe Leben

Das Steinbock-Kind hat einen eisernen Willen und gibt nie nach. Als Baby ist es der Liebling der Familie, weil es sich stundenlang mit sich selbst beschäftigen kann. Aber schon in diesem zarten Alter hat es einen dermaßen ausgeprägten Sinn für Ordnung und Regeln, daß es die Mutter durch lautes Geschrei zurechtweist, wenn die das Essen nicht pünktlich macht.

Aus der Piepsstimme der ersten Tage entwickelt das Steinbock-Kind recht bald eine beachtliche Lautstärke, um auf sich aufmerksam zu machen. Als älteres Kind ist es für die Eltern so liebenswert, weil es früh sein Zimmer selbst aufräumt, sein Bettchen macht und der Mutter im Haushalt helfen möchte.

Der kleine Steinbock ist meist in sich gekehrt. Von Gleichaltrigen, die nicht nach seinem Willen und in seinem Sinne spielen wollen, sondert er sich ab und beschäftigt sich dann lieber zu Hause mit Vater und Mutter. Das Steinbock-Kind wendet sich eher Erwachsenen zu, weil es von ihnen mehr erfahren kann als von Spiel- oder Schulkameraden. Deshalb erscheint es oft als altklug, zumal es sich auch gern dem Sprachgebrauch der Älteren anpaßt.

Da es dem Steinbock-Kind schwerfällt, von sich aus seine Zurückhaltung zu überwinden, sollten Eltern ihrem Saturn-Sprößling helfen, Anschluß an Gleichaltrige zu finden. Doch echte Freunde wird ein Steinbock trotzdem nur wenige haben, da ihm die Gabe fehlt, sich beliebt zu machen. Oft verscherzt sich der kleine Steinbock auch die Gunst seiner Spielkameraden, weil er das Kommando übernehmen will. Hat der Steinbock erst einmal Anschluß an eine Gruppe anderer Kinder gefunden, wird er seine Isolation überwinden und Selbstsicherheit entwickeln.

Eher geht ein Kamel durch ein Nadelöhr, als daß ein Steinbock-Kind nachgibt. Das Kamel ist dem Saturnzeichen zugeordnet.

In der Schule gilt mancher junge Steinbock als Streber. Er ist es nicht, aber das Pflichtgefühl ist bei ihm sehr ausgeprägt, und er leistet deshalb mehr als die Schulkameraden. Das Pflichtgefühl steht auch daheim an erster Stelle: Kaum ein Steinbock-Kind wird nach dem Mittagessen spielen wollen, wenn es seine Hausarbeiten noch nicht fertig hat.

Eltern und Lehrer schätzen an diesem Kind den Eifer, mit dem es seine Aufgaben erledigt, selbst wenn sie manchmal Kritik üben könnten an der bedächtigen Art, mit der es alles ausführt. Steinbock-Kinder können jedoch ihr behäbiges Verständnis durch immensen Fleiß ausgleichen. Deshalb bringen es die meisten von ihnen zu überdurchschnittlichen Leistungen in der Schule, die den Ansatzpunkt für den späteren Lebenserfolg bilden. Der Wille voranzukommen, ist in diesen Kindern übermächtig, und sie legen bereits in der Jugend die Grundlage für ihren Aufstieg.

Steinbock-Kinder sind meist sehr verletzlich, ihre Härte nach außen und gegen sich selbst entwickeln sie erst später. Eltern sollten deshalb besonders liebevoll mit diesem Kind umgehen und es eher ermuntern, das Richtige zu tun, statt unangemessenes Verhalten zu kritisieren. Mit Vertrauen, Anerkennung und Lob läßt sich ein Steinbock-Kind leichter von seinen Eltern lenken als mit Strenge, die seinen Trotz hervorrufen kann und es dazu bringt, sich den Eltern zu verschließen. Es ist oft die Schuld zu strenger Eltern, wenn es ihr Sprößling später zu nichts bringt. Aus Enttäuschung wird es sich vielleicht Menschen als Elternersatz suchen, von denen es glaubt, besser verstanden zu werden, die ihn aber möglicherweise schon früh auf die falsche Bahn lenken.

Ein kleiner Steinbock kann auf den ersten Blick ganz sanft und leicht lenkbar wirken, aber nur solange keiner versucht, ihm seinen Willen aufzuzwingen. Dann werden diese Kinder sehr energisch protestieren und zeigen, daß sie durchaus ihren eigenen Kopf haben.

Man sollte das Steinbock-Kind hegen und pflegen, ihm vor allem die unterschwellige Lebensangst nehmen und versuchen, es selbstbewußter zu machen. Beklagen Sie sich als Eltern nicht, daß Ihr Kind Geheimnisse vor Ihnen hat. Es wird schon zu Ihnen zurückkommen, wenn es einmal mit ernsten Problemen ringt.

Der etwas andere Steinbock

Neben dem Sonnenzeichen, in dem er geboren wurde, beeinflußt der Aszendent, das Tierkreiszeichen, das in der Minute der Geburt gerade am östlichen Horizont aufging, das Horoskop eines Menschen. Beim Steinbock verändern die Aszendenten die ursprünglichen Charakteranlagen um Nuancen. Im einzelnen sieht das so aus: *Aszendent Widder* läßt den Steinbock noch hartnäckiger seine Ziele verfolgen. In der Liebe reduziert er die Gefühlskälte und macht ihn leidenschaftlicher. Der Steinbock mit dem Aszendenten Widder treibt seine beruflichen Pläne mit Macht voran und erreicht meist eine gut dotierte Stellung. Er ist sparsam, hat aber etwas für Leute übrig, die ärmer sind als er selbst. Er ist als verläßlicher Partner bekannt. In einer festen Verbindung will er herrschen.
Aszendent Stier bereichert die Gefühlswelt des Steinbocks, sorgt oftmals aber auch für ein noch depressiveres Wesen – was auf schwache Nerven hinweist. Der Steinbock mit dem Aszendenten Stier ist etwas träge, auch wenn er genau weiß, was er will. Er strebt nach oben, bleibt jedoch möglicherweise erfolglos, weil er nicht so schnell ist wie seine Konkurrenten. In der Liebe ist er ein verläßlicher Partner.
Aszendent Zwillinge pflanzt dem Steinbock zwei Seelen in die Brust, die auseinanderstreben oder sich ständig bekriegen. Der Steinbock mit dem Aszendenten Zwillinge hat eine sprühende Intelligenz, denkt aber manches nicht zu Ende. Trotzdem kann er im Be-

ruf Karriere machen; sein Aufstieg verläuft des öfteren über Umwege. Im Privatleben ist er nicht immer zuverlässig.

Aszendent Krebs verordnet dem Steinbock mehr Gefühl und macht ihn launenhaft – was nur bedingt zu seiner manchmal recht herausfordernden Art und zu seinem Streben paßt, andere für sich arbeiten zu lassen. Mit viel Herz sucht er einen zuverlässigen Liebespartner.

Aszendent Löwe lehrt den Steinbock, den Kopf stolz zu erheben, wodurch der Saturn-Schützling ein wenig arrogant erscheint. Der Steinbock mit dem Aszendenten Löwe wird trotz einer gewissen

Auch wenn sich Steinbock-Menschen nach außen hin meist selbstbewußt geben, sind sie in Wirklichkeit rechte Mimosen.

75

Behäbigkeit viel im Leben erreichen, weil er mehr als andere leistet und deshalb gefördert wird. Für die Liebe ist dieser Sternentyp wie geschaffen. Hier mischt sich die sachliche Kühle des Steinbocks mit der Heißblütigkeit des Löwen.

Aszendent Jungfrau bekräftigt das Sicherheitsstreben des Steinbocks; seine Sparsamkeit mündet dabei öfters in Geiz. Der Steinbock mit dem Aszendenten Jungfrau geht äußerst zurückhaltend, aber sehr beharrlich seine Ziele an und erreicht sie mit Bravour. Sein

Viele Steinbock-Menschen verbergen hinter einem unscheinbaren Äußeren ein an Zündstoffen reiches Innenleben.

Geld legt er mit großem Gespür in festen Werten an. Im Privaten ist das Gefühl ein wenig unterkühlt, weshalb viele Steinbock-Menschen Junggesellen bleiben.

Aszendent Waage macht den sonst so ordnungsliebenden Steinbock ein wenig nachlässig, dafür aber umso liebenswürdiger. Der Waage-Einfluß mildert manche allzu harte Charaktereigenschaft ab. Der Steinbock mit dem Aszendenten Waage ist mutiger als viele andere Saturn-Schützlinge, doch kann Leichtsinn die schönsten Pläne zunichte machen. Auch die Durchsetzungsfähigkeit dieses eher musischen Typs ist etwas herabgesetzt. Das gilt ebenso für den intimen Bereich.

Aszendent Skorpion läßt den Steinbock im Privatleben oft vor Eifersucht überkochen. Dafür wird beruflich der Ehrgeiz noch mehr angestachelt. Der Steinbock mit dem Aszendenten Skorpion verfolgt hartnäckig seine Ziele und erreicht viel. Leider hat er wegen seines resoluten Wesens nur wenige gute Freunde. Zu Kompromissen im Beruf oder Privatleben ist er so gut wie nie bereit.

Aszendent Schütze bringt Unruhe in das Steinbock-Leben. Er läßt ihn viele Erfolge erzielen – nicht nur im Beruf, sondern auch in der Partnerschaft. Der Steinbock mit dem Aszendenten Schütze ist sich selbst nicht ganz sicher, weshalb er nur langsam vorankommt. Er lebt sehr gesundheitsbewußt und kann ein hohes Alter erreichen, wenn seine Arbeit nicht in Streß ausartet. Da er sehr wählerisch ist, findet er nicht immer einen passenden Partner.

Aszendent Steinbock betont die harte Gangart, mit der ein Steinbock im Beruf Erfolge sucht. Der doppelte Steinbock ist die Selbstbeherrschung in Person und konzentriert sich nur auf das Wesentliche. Die ihm eigene Zähigkeit wird seine Karriere bestimmen. In der Liebe ist er jedoch eher schüchtern.

Bild Seite 78/79: Der Steinbock mit dem Aszendenten Waage ist ein eher musischer und überaus liebenswerter Typ.

Aszendent Wassermann fördert die soziale Ader des Steinbocks. Ganz privat ist der Steinbock mit dem Aszendenten Wassermann der netteste von allen. Im Beruf ist er etwas unsicher und kann sich nicht so gut durchsetzen wie andere Steinbocktypen. Er müßte mehr Eigeninitiative entwickeln, um voranzukommen.

Aszendent Fische fördert die Gefühlsebene. Ein Steinbock mit dem Aszendenten Fische hat eigentlich nur Freunde. Seine Gefühle sind tiefgründig. Obwohl er sehr bedächtig ist und zumeist allzu gründlich Pläne schmiedet, gibt ihm am Ende der Erfolg immer wieder recht. Oft versucht er sogar sein Glück im Spiel.

Ausgerechnet: der Aszendent

Um den Aszendenten eines Steinbock-Menschen auszurechnen, muß man neben dem Geburtsdatum auch die Minute der Geburt kennen.

In Tabelle 1 finden Sie die für den Geburtsort zutreffende Zeitkorrektur. Steht der Ort nicht in der Tabelle, nimmt man einfach die Zeitkorrektur der am nächsten gelegenen, hier aufgeführten Stadt. Beim Vorzeichen Plus (+) muß die Minutenzahl zu der Geburtszeit hinzugezählt, entsprechend beim Vorzeichen Minus (–) abgezogen werden. Man rechnet dann die in Tabelle 2 für den Geburtstermin angegebene Sternzeit hinzu. Sie beträgt zum Beispiel am 3. Januar 6 Stunden und 45 Minuten.

In einigen Jahren galt in Deutschland und Österreich, aber nicht in der Schweiz, auch im Winter noch die Sommerzeit. Bei den Steinbock-Jahrgängen Ende 1940, 1941 und Anfang 1942 muß bei der Berechnung des Aszendenten eine Stunde von dem vorherigen Ergebnis Geburtszeit (vermindert oder vermehrt durch die entsprechende Zeitkorrektur) plus Sternzeit abgezogen werden. Geht die gefundene Zahl über 24 Uhr hinaus, muß man 24 Stunden abziehen.

Die so errechnete Zeit wird in Tabelle 3 unter der für den Geburtsort in Tabelle 1 angegebenen Breitengradzahl gesucht. Damit ist der Aszendent gefunden.
Ein kleines Beispiel mag diese zunächst vielleicht etwas schwierig erscheinende Berechnung erläutern.

Geburtszeit: 3. Januar 1950, 1.30 Uhr in Mainz.

1. Geburtszeit:	1 h 30 min
2. Ortszeit: Korrektur für den Geburtsort Mainz (siehe Tabelle 1):	– 0 h 27 min
	1 h 03 min
3. Sternzeit des 3. Januar wird zur erhaltenen Ortszeit addiert (siehe Tabelle 2):	+ 6 h 45 min
	7 h 48 min
4. Sommerzeit galt im Winter 1950 nicht, also muß keine Stunde abgezogen werden:	– 0 h 00 min
	7 h 48 min
5. Da die Zahl nicht über 24 Stunden hinausgeht, werden keine 24 Stunden abgezogen:	– 0 h 00 min
6. Das ergibt die eigentliche Sternzeit:	7 h 48 min

Die Sternzeit des am 3. Januar 1950 um 1.30 Uhr in Mainz geborenen Steinbock-Typs ist 7 Uhr 48 Minuten. Sein Aszendent ist laut Tabelle 3 beim Breitengrad von Mainz (50°) das Tierkreiszeichen *Waage*.

Tabelle 1: Berechnung der Ortszeit

Aachen (51°)	– 36 Min.		Klagenfurt (47°)	– 3 Min.
Augsburg (48°)	– 16 Min.		Koblenz (50°)	– 26 Min.
Baden-Baden (49°)	– 27 Min.		Köln (51°)	– 32 Min.
Bamberg (50°)	– 16 Min.		Königsberg (55°)	+ 22 Min.
Basel (48°)	– 30 Min.		Konstanz (48°)	– 23 Min.
Berlin (53°)	– 6 Min.		Lausanne (46°)	– 33 Min.
Bern (47°)	– 29 Min.		Leipzig (51°)	– 10 Min.
Bielefeld (52°)	– 26 Min.		Lienz (47°)	– 9 Min.
Bonn (51°)	– 31 Min.		Lindau (47°)	– 21 Min.
Braunschweig (52°)	– 18 Min.		Linz/Donau (48°)	– 3 Min.
Bregenz (47°)	– 21 Min.		Lübeck (54°)	– 17 Min.
Bremen (53°)	– 25 Min.		Luxemburg (50°)	– 35 Min.
Breslau (51°)	+ 8 Min.		Luzern (47°)	– 27 Min.
Chemnitz (51°)	– 8 Min.		Magdeburg (52°)	– 13 Min.
Danzig (54°)	+ 15 Min.		Mainz (50°)	– 27 Min.
Donaueschingen (48°)	– 26 Min.		Mannheim (49°)	– 26 Min.
Dortmund (52°)	– 30 Min.		München (48°)	– 14 Min.
Dresden (51°)	– 5 Min.		Münster (52°)	– 30 Min.
Düsseldorf (51°)	– 33 Min.		Nürnberg (49°)	– 16 Min.
Duisburg (51°)	– 33 Min.		Oldenburg (53°)	– 27 Min.
Emmerich (52°)	– 35 Min.		Osnabrück (52°)	– 28 Min.
Essen (51°)	– 32 Min.		Passau (49°)	– 6 Min.
Flensburg (55°)	– 22 Min.		Regensburg (49°)	– 12 Min.
Frankfurt/Main (50°)	– 25 Min.		Rostock (54°)	– 12 Min.
Freiburg/Breisgau (48°)	– 29 Min.		Saarbrücken (49°)	– 32 Min.
Garmisch (47°)	– 16 Min.		Salzburg (48°)	– 8 Min.
Genf (46°)	– 35 Min.		St. Gallen (47°)	– 22 Min.
Göttingen (51°)	– 20 Min.		Straßburg (49°)	– 29 Min.
Graz (47°)	+ 2 Min.		Stuttgart (49°)	– 23 Min.
Halle (52°)	– 12 Min.		Trier (50°)	– 33 Min.
Hamburg (54°)	– 20 Min.		Tübingen (49°)	– 24 Min.
Hannover (52°)	– 21 Min.		Ulm (48°)	– 20 Min.
Heidelberg (49°)	– 25 Min.		Villach (47°)	– 4 Min.
Hof (50°)	– 12 Min.		Weimar (51°)	– 15 Min.
Innsbruck (47°)	– 14 Min.		Westerland/Sylt (55°)	– 27 Min.
Jena (51°)	– 14 Min.		Wien (48°)	+ 6 Min.
Kaiserslautern (49°)	– 29 Min.		Wiesbaden (50°)	– 27 Min.
Karlsruhe (49°)	– 26 Min.		Würzburg (50°)	– 20 Min.
Kassel (51°)	– 22 Min.		Wuppertal (51°)	– 31 Min.
Kiel (54°)	– 20 Min.		Zürich (47°)	– 26 Min.

Tabelle 2: Sternzeit

Tag	Jan. Zeit	Feb. Zeit	März Zeit	April Zeit	Mai Zeit	Juni Zeit	Juli Zeit	Aug. Zeit	Sept. Zeit	Okt. Zeit	Nov. Zeit	Dez. Zeit
1	6.37	8.40	10.34	12.36	14.35	16.37	18.35	20.37	22.39	0.38	2.40	4.38
2	6.41	8.44	10.38	12.40	14.38	16.41	18.39	20.41	22.43	0.42	2.44	4.42
3	6.45	8.48	10.42	12.44	14.42	16.45	18.43	20.45	22.47	0.46	2.48	4.46
4	6.49	8.52	10.46	12.48	14.46	16.49	18.47	20.49	22.51	0.50	2.52	4.49
5	6.53	8.55	10.50	12.52	14.50	16.52	18.51	20.53	22.55	0.54	2.56	4.53
6	6.57	8.59	10.54	12.56	14.54	16.56	18.55	20.57	22.59	0.57	3.00	4.57
7	7.01	9.03	10.58	13.00	14.58	17.00	18.59	21.01	23.03	1.01	3.04	5.01
8	7.05	9.07	11.02	13.04	15.02	17.04	19.03	21.05	23.07	1.05	3.08	5.05
9	7.09	9.11	11.06	13.08	15.06	17.08	19.07	21.09	23.11	1.09	3.11	5.09
10	7.13	9.15	11.10	13.12	15.10	17.12	19.10	21.13	23.15	1.13	3.15	5.13
11	7.17	9.19	11.13	13.16	15.14	17.16	19.14	21.17	23.19	1.17	3.19	5.17
12	7.21	9.23	11.17	13.20	15.18	17.20	19.18	21.21	23.23	1.21	3.23	5.21
13	7.25	9.27	11.21	13.24	15.22	17.24	19.22	21.25	23.27	1.25	3.27	5.25
14	7.29	9.31	11.25	13.27	15.26	17.28	19.26	21.29	23.31	1.29	3.31	5.28
15	7.33	9.35	11.29	13.31	15.30	17.32	19.30	21.32	23.35	1.33	3.35	5.32
16	7.37	9.39	11.33	13.35	15.34	17.36	19.34	21.36	23.39	1.37	3.39	5.36
17	7.41	9.43	11.37	13.39	15.38	17.40	19.38	21.40	23.43	1.41	3.43	5.40
18	7.45	9.47	11.41	13.43	15.42	17.44	19.42	21.44	23.46	1.45	3.47	5.44
19	7.48	9.51	11.45	13.47	15.45	17.48	19.46	21.48	23.50	1.49	3.51	5.48
20	7.52	9.55	11.49	13.51	15.49	17.52	19.50	21.52	23.54	1.53	3.55	5.52
21	7.56	9.59	11.53	13.55	15.53	17.56	19.54	21.56	23.58	1.57	3.59	5.55
22	8.00	10.02	11.57	13.59	15.57	18.00	19.58	22.00	0.02	2.01	4.03	5.59
23	8.04	10.06	12.01	14.03	16.01	18.03	20.02	22.04	0.06	2.04	4.07	6.03
24	8.08	10.10	12.05	14.07	16.05	18.07	20.06	22.08	0.10	2.08	4.11	6.07
25	8.12	10.14	12.09	14.11	16.09	18.11	20.10	22.12	0.14	2.12	4.15	6.11
26	8.16	10.18	12.13	14.15	16.13	18.15	20.14	22.16	0.18	2.16	4.19	6.15
27	8.20	10.22	12.17	14.19	16.17	18.19	20.18	22.20	0.22	2.20	4.22	6.19
28	8.24	10.26	12.20	14.23	16.21	18.23	20.21	22.24	0.26	2.24	4.26	6.22
29	8.28	10.30	12.24	14.27	16.25	18.27	20.25	22.28	0.30	2.28	4.30	6.26
30	8.32		12.28	14.31	16.29	18.31	20.29	22.32	0.34	2.32	4.34	6.30
31	8.36		12.32		16.33		20.33	22.36		2.36		6.34

Tabelle 3: Hier ist Ihr Aszendent

	47° Uhrzeit	48° Uhrzeit	49° Uhrzeit	50° Uhrzeit	51° Uhrzeit
Löwe	0.36– 3.18	0.34– 3.16	0.31– 3.14	0.26– 3.12	0.21– 3.10
Jungfrau	3.19– 6.00	3.17– 6.00	3.15– 6.00	3.13– 6.00	3.11– 6.00
Waage	6.01– 8.41	6.01– 8.43	6.01– 8.45	6.01– 8.47	6.01– 8.49
Skorpion	8.42–11.23	8.44–11.27	8.46–11.31	8.48–11.35	8.50–11.39
Schütze	11.24–13.50	11.28–13.55	11.32–14.00	11.36–14.05	11.40–14.10
Steinbock	13.51–15.41	13.56–15.45	14.01–15.48	14.06–15.52	14.11–15.56
Wassermann	15.42–16.58	15.46–17.00	15.49–17.02	15.53–17.04	15.57–17.06
Fische	16.59–18.00	17.01–18.00	17.03–18.00	17.05–18.00	17.07–18.00
Widder	18.01–19.01	18.01–18.59	18.01–18.57	18.01–18.55	18.01–18.53
Stier	19.02–20.19	19.00–20.15	18.58–20.11	18.56–20.07	18.54–20.03
Zwillinge	20.20–22.10	20.16–22.05	20.12–22.00	20.08–21.55	20.04–21.51
Krebs	22.11– 0.35	22.06– 0.33	22.01– 0.30	21.56– 0.25	21.52– 0.20

	52° Uhrzeit	53° Uhrzeit	54° Uhrzeit	55° Uhrzeit
Löwe	0.16– 3.08	0.13– 3.06	0.08– 3.04	0.05– 3.01
Jungfrau	3.09– 6.00	3.07– 6.00	3.05– 6.00	3.02– 6.00
Waage	6.01– 8.52	6.01– 8.54	6.01– 8.56	6.01– 8.58
Skorpion	8.53–11.43	8.55–11.47	8.57–11.52	8.59–11.57
Schütze	11.44–14.15	11.48–14.20	11.53–14.26	11.58–14.30
Steinbock	14.16–16.01	14.21–16.06	14.27–16.10	14.31–16.14
Wassermann	16.02–17.09	16.07–17.11	16.11–17.14	16.15–17.17
Fische	17.10–18.00	17.12–18.00	17.15–18.00	17.18–18.00
Widder	18.01–18.51	18.01–18.49	18.01–18.46	18.01–18.44
Stier	18.52–19.59	18.50–19.55	18.47–19.50	18.45–19.45
Zwillinge	20.00–21.45	19.56–21.39	19.51–21.33	19.46–21.39
Krebs	21.46– 0.15	21.40– 0.12	21.34– 0.07	21.40– 0.04

Völlig überarbeitete, erweiterte und neugestaltete Ausgabe der zuletzt 1992 erschienenen Reihe »Im Zeichen der Sterne«

ISBN 3 8068 1540 2

Umschlaggestaltung: Bayerl & Ost, Frankfurt am Main
Lektorat: Ingrid Reuter und Anna Christiane Loll
Herstellung: Königsdorfer Verlagsbüro, Frechen
Titelbild: The Image Bank (Francesco Reginato), München
Vorsatz: Michael Wollert, Menden
Nachauflagenredaktion: Winfried Schindler
Fotos: R. Bender, Tholey-Theley (16, 19, 24); S. Dietzel, Oberjosbach (11); FALKEN Archiv (33, 42); U. Janssen, Emden (54); K. Köhler Creativstudio, Fischbach (59, 62, 65); Mainbild, Transglobe Agency/Todd Weinstein, Frankfurt am Main (48); U. Niehoff, Bienenbüttel (31, 40); P. Noack, Frankfurt am Main (35); P. Pinzer, Idstein (32, 60); Reinhard-Tierfoto, Heiligkreuzsteinach-Eiterbach (51, 53, 68); H. Schork, Waldmichelbach (57, 75); H.-J. Schwarz, Niederolm (49, 66, 70); Silvestris Fotoservice, Kastl/Obb.: Geiersperger (28); E. Stark, Hemmingen (38, 45, 72); G. Steffan, Taufkirchen (37); USIS, Bonn (9); W. Waldmann, Stuttgart (6/7, 46/47); H. Wedewardt, Rösrath (20, 76); M. Will, Karlsruhe (4/5); M. Wissing Fotodesigner BFF, Elzach (43); Xeniel-Dia/M. Mögle, Stuttgart, E. Müller (22); Xeniel-Dia/ Dr. J. Nittinger, Neuhausen (26, 78/79)
Zeichnung und Vignette: Ingrid Schade, Hamburg
Satz: Königsdorfer Verlagsbüro, Frechen
Druck: Ernst Uhl, Radolfzell

817 2635 4453 62